Die letzte Kneipe auf dieser Tour

Science Fiction Kurzgeschichte

Newsletter

Melde dich zu meinem Newsletter an.

- Erfahre zuerst von Neuerscheinungen.

- Erhalte Hintergrundinformationen zu den Ge-
schichen.

- Exklusive Aufmerksamkeiten für meine Fans.

Anmelden unter:

Oder:
https://blog.topazhauyn.de/newsletter/

für mich

Die letzte Kneipe auf dieser Tour

Science Fiction Kurzgeschichte

TOPAZ HAUYN

Besuchen Sie uns im Internet:
www.topazhauyn.de

ISBN: 9798401293060
Font: Alegreya
Coverdesign: Topaz Hauyn
Art: innovari/depositphotos.com

Moriz wollte schlafen. Seine Füße wollten schlafen. Sein Kopf wollte schlafen. Seine Hände wollten schlafen. Sein Rücken wollte endlich von der Last seines Rucksacks befreit werden, obwohl die Trinkflasche längst ausgetrunken und die Vesperdose leergegessen war. Sein Magen rumpelte. Das Abendessen war lange vorüber. Wenigstens die Zeit dafür. Aber er durfte noch nicht aufhören.

Er musste weitergehen.

Der Feierabend musste warten. Genauso wie sein Magen, sein Körper und die Welten in seinen elektronischen Büchern.

Moriz Tour für heute war noch nicht zu Ende. Was musste die Stadt auch so groß sein? Oder besser, so klein? Sie war zu groß für eine Tour, die an einem Tag zu schaffen war. An einem regulären Arbeitstag mit acht Stunden. Gleichzeitig war sie zu klein, um zwei Touren daraus zu machen. Immerhin bekam Moriz Überstundenzuschlag in Form von neuen, elektronischen Büchern für seine Sammlung. Die hatte er auch dringend nötig, um diese Qual zu überstehen. Außerdem wartete das Reich seiner Fantasie darauf neue Welten zu entdecken, Geschichten zu erforschen und Abenteuer zu erleben. Als ewig Reisender, war das der einzige Ort, an dem er sich Zuhause fühlte.

Immerhin lag, endlich, nur noch eine Kneipe zwischen Moriz und dem Feierabend.

Eine letzte Kneipe.

Danach konnte er ins Hotel zurückgehen und ins Bett fallen. In das rollende Hotel, dass sich Nachtzug nannte. Damit er morgen, mehr oder weniger ausgeschlafen, die nächste Stadt und die nächste Tour absolvieren konnte.

Moriz zog den Kragen seines dunklen Mantels enger um den Hals. Der Rucksack rieb über seinen Rücken. Der Wind pfiff kalt durch die verwinkelten Straßen.

Moriz fiel das Atmen in der kalten Luft schwerer.

Das Kopfsteinpflaster sorgte für einen unebenen Tritt. Jeden Schritt musste er genau überwachen. Mit funzeligen Straßenlaternen, die den Namen nicht verdient hatten.

Das blaue Neonschild an dem Haus weiter vorne dagegen, das hätte den Namen Straßenlaterne verdient. Wenn es gelb, wie das Licht aus den Fenstern daneben, oder weiß gewesen wäre.

Das musste die letzte Kneipe sein.

Moriz schritt darauf zu. Seine Schritte knirschten auf dem Kopfsteinpflaster.

Alles sonst war leise. Bis auf den Wind, der durch die enge Straße pfiff und sich in den Erkern und Nischen der Hauseingange verwirbelte. Das Neonschild flackerte immer wieder. Gut lief die Kneipe nicht, sonst hätten die Pächter das Licht längst repariert und lägen nicht auf seiner Tour. Vor der Kneipe, auf dem Gehweg, stand nichts. Kein Stuhl, kein Tisch, kein Schild mit der Ankündigung der Getränke des Tages.

Moriz richtete sich auf. Trotz des eisigen Windes in seinem Gesicht und an seinen Ohren.

Falls jemand aus einem der gelb beleuchteten Fenster sah, sollte die Person nicht denken, dass sie ihn leicht übertölpeln könnte. Manchmal war es nützlich für kleiner und schwächer gehalten zu werden, um noch ein paar Gebühren eintreiben zu können. Aber jetzt, jetzt wollte Moriz nur noch Feierabend. Er wollte keine langwierige Verhandlung mit Bestechungsversuchen mehr, an deren Ende er sich trotzdem aufrichten musste, sich Respekt verschaffte und die Kneipe für immer schloss. So wie er es mit allen anderen Kneipen auf seinen Touren tat. Alkoholausschank gehörte der Vergangenheit an. Er räumte die Relikte auf und überzeugte die Kneipen von ihrem Bankrott. So konnten neue Geschäfte eröffnet werden. Läden für die virtuellen Welten, Treffpunkte der Zukunft.

Das war der Werbespruch seines Arbeitgebers: Platz schaffen für die Zukunft.

Moriz schaute nochmals prüfend die Hauswand an, auf die er zuging: im gelb-blauen Schein von Neonschild, Straßenlaterne und dem Licht, dass durch die beiden Fenster rechts und links der Türe fiel, sah er die Hauswand trotzdem nur schemenhaft.

Nichts stand oder lehnte daran. Nichteinmal ein Blumenkübel, der den Eingang, üblicherweise, freundlicher gestalten sollte.

Wenigstens musste er hier draußen nachher nicht aufräumen. Außerdem brauchte er kein Schild, schließlich wollte er nichts trinken. Die leere Straße deutete darauf hin, dass auch sonst niemand ein Getränk wollte.

Abgesehen davon, arbeitende Personen lagen längst im Bett. Maximal die Lebewesen der Nachtschicht wären noch unterwegs.

Gesehen hatte Moriz sie aber schon seit der vorletzten Kneipe keinen mehr. Vermutlich lag selbst die Nachtschicht inzwischen im Bett. Oder stand vor den entsprechenden Maschinen bei der Arbeit.

Vor der Haustüre, die in die Kneipe hineinführte, blieb Moriz stehen.

»Blaues Fass«, stand auf dem Neonschild über der Tür, dass immer wieder flackerte. Was für ein treffender Name für eine Kneipe. Immerhin die Farbe des Lichts hatten sie offensichtlich mit Hintergedanken ausgewählt.

Es hatte ihnen nichts genützt.

Jetzt standen sie auf seiner Tour.

Heute war die letzte Nacht für das Blaue Fass.

Moriz drückte die kalte Eisenklinke der Tür herunter und schob die schwere Holztüre auf. Alte Bausubstanz in der Altstadt, die bald durch eine automatische Türe ersetzt werden würde. Gut, dass es die letzte Kneipe auf seiner Tour war und es keine Passanten und Zuschauer mehr gab. Am Ende würde sonst noch irgendein Kulturangestellter kommen und Protest einlegen. Wegen Denkmalschutz und Kulturgut und wer wusste noch was für neumodischen Wörtern, die alle nichts mit Gewinnabsichten und profitablem Wirtschaften zu tun hatten.

Moriz stand in einem kurzen Gang. Hinter ihm fiel knarzend die Eingangstüre ins Schloss.

Warme Luft hüllte ihn ein. Es roch nach Papier und heißem Tee. Eine unerwartete Kombination. Genauso wie das helle, warm-weiße Licht, dass sich auf der dunklen Holzvertäfelung an den Wänden spiegelte und die drei Türen beleuchtete, durch die Moriz weitergehen konnte. Alle waren geschlossen. Auf den Schildern stand: »Privat«, »Bibliothek«, »Schankraum«.

Moriz rieb sich die Augen.

Was machte eine Bibliothek in einer Kneipe? Hatte sich jemand einen Scherz erlaubt und ein falsches Schild aufgehängt?

Aber es duftete ganz eindeutig nach Papier. Trockenem Papier. Das war der unverwechselbare Geruch von vielen Büchern, wie er ihn seit seiner Kindheit nicht mehr gerochen hatte. Seit damals, als er zum letzten Mal, vor dem Umzug seiner Eltern, seinen Nachmittag in einer Bibliothek verbracht hatte. In der neuen Stadt, hatte es keine Bibliothek mit echten Papierbüchern mehr gegeben.

Am liebsten hätte er die Türe geöffnet und geschaut, was für Bücher, was für fantastische Welten sich dahinter verbargen.

Aber er musste in den Schankraum. Dort war seine Aufgabe. Von dort hörte er jemanden reden, ohne ihn zu verstehen. Die Tür musste genauso dick sein, wie die Eingangstüre.

Und wenn er kurz hineinschaute?

Niemand musste es erfahren und er konnte sich in einsamen Nächten im Schlafwagen daran erinnern.

Moriz streckte seine Hand nach dem schwarzen Türknauf aus. Er atmete flach, obwohl ihn keiner hören konnte. Ihm war warm. Wärmer als es ihm sein sollte. Sein Herz klopfte schneller. Er konnte sich gar nicht mehr erinnern, wie lange es her war, seitdem er zum letzten Mal ein echtes Papierbuch in der Hand gehabt hatte. Relikte der Vergangenheit wurden sie heute genannt. Relikte die viel Platz brauchten. Weswegen er selbst seine Bücher in elektronischer Form sammelte. Im Schlafwagen war wenig Platz.

Bevor seine Hand den Türknauf erreichte, knarzte neben ihm die Türe zum Schankraum auf.

»Gute Nacht«, sagte eine Männerstimme.

»Nacht«, sagte eine zweite Stimme, direkt neben Moriz. »Da steht einer.«

Schritte polterten über Holz.

Moriz zog schnell seine Hand zurück und drehte sich zu dem Sprecher um.

Eine Person, die einen Kopf kleiner war, als er selbst, und in eine dunkle Jacke gehüllt, drängelte sich an ihm vorbei zur Haustüre hinaus. Kalte Nachtluft wehte herein, bevor die Tür ins Schloss viel.

»Guten Abend«, sagte eine Männerstimme aus dem Schankraum. »Komm herein. Was darf es sein?«

Moriz warf einen Blick über die Schulter zu der Tür, die er noch nicht einmal berührt hatte. Der Duft nach Papier wurde überlagert vom Rauch eines offenen Feuers und Alkoholdünsten.

Zeit, seine Arbeit zu beenden!

»Guten Abend«, sagte Moriz, höflicher, als er beabsichtigte. Normalerweise verzichtete er auf diese Floskel und kam direkt zur Sache.

Der schlanke, junge Mann, mit den braunen Locken war bestimmt gerade alt genug, um nachts arbeiten zu dürfen. So jemand passte nicht in eine Kneipe. Was für ein seltsamer Ort, dieses Blaue Fass war. Aber waren das nicht alle Kneipen? Jede versuchte etwas Besonderes zu sein. Vermutlich war hinter der Türe nur das Lager und jemand hatte sich mit dem Schild einen Witz erlaubt.

Die Erinnerung an den Duft von Büchern schob Moriz beiseite. Er war müde. Seine Erinnerung hatte ihm sicher einen Streich gespielt. Es war unwahrscheinlich ausgerechnet in einer Kneipe Papierbücher zu finden.

»Was ist hinter der Türe?«, Moriz deutete mit dem Daumen über seine Schulter.

»Nichts weiter«, sagte der Mann und winkte ab, dass seine braunen Locken wippten.

Der Mann lächelte Moriz mit einem breiten Lächeln an und ging zur Seite.

Also doch ein Lagerraum. Moriz schob die Idee, echte Bücher berühren zu dürfen beiseite. Er war hier, um Arbeit zu erledigen. Arbeit, die ihm neue, elektronische Bücher für seine Sammlung einbrachte.

»Komm rein, die ganze Wärme geht verloren«, sagte der Gelockte mit der angenehmen Stimme. »Ruh dich aus und trink eine Tasse Kräutertee. Empfehlung des Hauses. Der belebt die Sinne und macht munter.«

Moriz presste seine Lippen zusammen und stapfte in den Schankraum. Kräutertee? Alkohol belebte die Sinne doch viel besser.

»Wo ist der Pächter?«, fragte Moriz.

Mit der Bedienung gab er sich nur ab, wenn der Pächter nicht da war. In schlecht laufenden Kneipen war der Pächter fast immer da. Es gab kein Geld viele Leute zu bezahlen, weswegen die Bedienung immer jung, hübsch und freundlich war. Und weiblich.

Moriz schaute ein zweites Mal hin. Nein, das hier war definitiv keine Frau, sondern ein Mann. Ein süßer Mann, den er gefälligst ignorieren würde. In wenigen Minuten würde der ihn sowieso nicht mehr anlächeln. Genauso wie seine weiblichen Kolleginnen würde der hier ihn beschimpfen und verfluchen.

Moriz stapfte zu einem der dreibeinigen Barhocker hinüber, der vor einer, mit rohem Holz verkleideten Theke stand. Wenigstens war das Brett obendrauf abgeschliffen worden. Trotzdem musste er aufpassen, dass er sich nicht die Hose zerriss bei diesem Holz.

Hinter der Theke standen die Gläser auf den Regalen an der Wand, ein großer, durchsichtiger Behälter an der Seite zog seinen Blick auf sich. Darin sprudelte eine klare Flüssigkeit. Den Bierhahn vermisste Moriz genauso, wie die Bierflaschen und die Sammlung bunter Flaschen für die Drinks. Die Quelle des Alkoholgeruchs, der ihn am Eingang empfangen hatte, sah er jedenfalls nicht.

Er hob eine Augenbraue, dann drehte er sich auf seinem Barhocker um, stellte einen Fuß auf den Boden und den anderen auf die Stuhlstrebe. Den Rucksack ließ er auf seinem Rücken und rückte den Stuhl ein Stück von der Bar ab. Sicherheitsabstand von dem rohen Holz.

Der Schankraum war klein. Der private Raum musste vom Grundriss her viel mehr Platz einnehmen, als er es sonst tat. Oder es gab einen versteckten Raum hinter dem Schankraum.

Vor dem Fenster stand ein quadratischer Tisch mit vier Stühlen, die schief darunter geschoben waren. Als hätte der Gelockte noch keine Zeit gehabt, sie sauber anzuschieben und die leeren Gläser abzuräumen.

An der Seite, der Türe gegenüber, war ein offener, gemauerter Kamin mit schwarzen, verrußten Steinen. Darin brannte ein Feuer. Die Flammen flackerten. Das brennende Holz knackte. Von dort kam die angenehme Wärme. In der Mitte des Raums stand ein längerer Tisch mit genug Stühlen für sechs Leute und an der Bar standen noch zwei weitere Barhocker.

Das war wenig Platz für Gäste. Kein Wunder, dass die Kneipe Verluste machte und auf seiner Tour gelandet war.

Moriz drehte sich wieder zu der Bar um. Dort klapperte der junge, gelockte Mann mit dem breiten Lächeln mit einer weißen Porzellantasse. Die Beleuchtung war gut genug, dass Moriz das Porzellan gut sehen konnte. Die Tasse war tatsächlich sauber.

»Kräutertee oder lieber Früchtetee?«, fragte der Kellner.

»Nichts davon. Den Pächter will ich«, sagte Moriz.

Heißgetränke weckten ihn nicht auf. Nicht so spät in der Nacht.

Immerhin waren keine Kunden mehr da, die er hinauswerfen musste. Der Letzte hatte sich offensichtlich gerade verdrückt, als er im Flur gestanden hatte.

»Ich bin der Pächter«, sagte der junge Mann. »Miles.«

Was für ein antiquierter Name!

Musste der Pächter in der letzten Kneipe ausgerechnet ein junger Mann sein? Vermutlich hatte der alle seine Ersparnisse in dieses kaputte Unternehmen gesteckt. Von welchem Idioten er wohl beraten worden war? Jungen Menschen ihre Zukunftsträume zu zerstören hasste Moriz. Zum Glück waren er bisher keinem begegnet und diese Angst war ein Alptraum geblieben, seitdem er den Job angenommen hatte. Bis jetzt. Die Pächter, denen er sonst begegnete, waren alte Männer mit Gesundheitsprobleme vom Trinken oder alte Frauen mit Gesundheitsproblemen vom Rauchen. Die in den Ruhestand zu schicken störte seinen Schlaf nicht.

Diesen jungen, strahlenden Miles mit den hübschen Locken dagegen…

Moriz schaute zur Seite.

Das üble Gefühl in seiner Magengegend, zusammen mit der Müdigkeit, das war nicht gut zum Denken. Er wollte Miles nicht auf die Straße setzen. Nicht so, wie er selbst von einem Kneipenschließer auf die Straße gesetzt worden war.

Moriz erinnerte sich noch genau an die gebeugten Schultern, das strähnige Haar und den stinkenden Atem von dem Mann. Er hatte gerade seinen Traum wahr gemacht und eine Kneipe eröffnet. Im Studentenviertel. Natürlich konnte man da nicht so viel Geld machen. Aber die Gespräche waren fantastisch, die Gäste locker, und es hätte, mit noch ein bisschen mehr Zeit, ganz sicher gereicht. Damals war er genauso enthusiastisch gewesen, wie Miles.

Bis der verlebte Mann in Mantel und Schlapphut aufgetaucht war, und seine Kneipe geschlossen hatte.

Am Boden liegend, ohne Ersparnisse, ohne Job und ohne Zukunftsaussichten, hatte er damals das Angebot angenommen, selbst nicht lukrative Kneipen zu schließen.

Was sollte er auch sonst tun?

Moriz fuhr sich mit der Hand durch seine Haare.

Sein Schlapphut rutschte vom Kopf.

Er bückte sich vom Hocker herunter, hob den Hut auf und drückte ihn zurück auf seine Haare, die inzwischen genauso fettig waren, wie von dem Kneipenschließer in seiner Kneipe. Wann hatte er aufgehört sich, um sein äußeres Erscheinungsbild zu kümmern? Vermutlich, als er angefangen hatte, in den Schlafwagen zu wohnen. Dort gab es keine Duschen.

Moriz setzte sich wieder. Sein Blick fiel auf eine Kreidetafel mit den Getränken.

»Kräutertee mit Roman, Früchtetee mit Krimi, heißes Wasser mit Fantasy«, stand da. Ohne Preise. Der Junge hatte ja nun wirklich alles falsch gemacht, was man falsch machen konnte.

Moriz verdrehte die Augen. Tee statt Bier und Schnaps, seltsame Getränkebezeichnungen statt vernünftiger Preise. Er musste das hier zu Ende bringen, sich etwas zu Essen kaufen und in den Schlafwagen steigen.

Trotzdem zögerte er. Weil Miles so jung war und weil auf der Türe im Flur »Bibliothek« gestanden hatte. Auch wenn es nur ein Lagerraum war, der dahinter lag. Die Erinnerung an den Papierduft, vermischt mit Druckerfarbe, ließ ihn nicht los.

Das, und die Erinnerung daran, dass er damals, in seinem eigenen Restaurant, auch mit der Getränkekarte experimentiert hatte. Ein Experiment in den Bankrott. Genau wie bei Miles.

»Hier.«

Miles stellte die Tasse vor Moriz auf die Theke der Bar. Eine dunkelgrüne Flüssigkeit schwappte darin herum. Vermutlich der Kräutertee. Daneben legte er ein Buch, auf dessen Vorderseite nur Text stand.

»Trink einen Schluck. Lies eine Seite. Danach können wir reden«, sagte Miles, nahm selbst ein Buch unter der Theke hervor und lehnte sich in eine Lücke zwischen den Regalbrettern für die Gläser an die Wand. Offensichtlich sofort in sein Buch vertieft, schaute er nicht einmal mehr auf, um zu sehen, ob Moriz überhaupt etwas trank.

Weißer Dampf kräuselte sich aus der Tasse, die vor Moriz stand. Würziger Kräuterduft, mit einer süßen Note, stieg daraus empor und vermischte sich mit dem rauchigen Geruch des brennenden Feuers.

Moriz blinzelte.

Der Duft des Kräutertees half ein wenig gegen seine aufsteigende Übelkeit. Normalerweise wäre er längst wieder draußen und hätte seinen Job erledigt. Aber er zögerte. Sog den Duft von Kräutertee und bedrucktem, gebundenem Papier ein.

Denn da lag ein Buch neben seiner Teetasse. Ein echtes Buch! Es war an den Ecken abgestoßen, am Rücken abgegriffen und die Vorderseite war so ausgeblichen, dass er das Bild darauf nicht mehr erkennen konnte. Er konnte noch blaue, grüne und gelbe Farbflecken erkennen, aber die Details waren verblichen.

Ein Buch aus Papierseiten. An der Seite wölbte es sich auf, so als ob schon oft darin geblättert worden war. Oder gelesen.

Das war kein Lesegerät für elektronische Bücher, wie sie manchmal in gehobenen Restaurants angeboten wurden, seitdem alles Holz für Bauwerke gebraucht wurde oder für Pappkartons und die Verlage das Drucken von Büchern als unrentables Verlustgeschäft eingestellt hatten.

Das war ein echtes Buch. Ein altes Buch.

Sollte er es berühren? Würde es wirklich da sein? Oder war es nur eine clevere, technische Projektion, um ihn zu narren?

Moriz leckte über seine trockenen Lippen und steckte seine Fäuste in seine Manteltaschen. Er berührte dabei die Visitenkarten, die er jedem Kneipenbesitzer vorhielt. Seine Legitimation, um eine Kneipe zu schließen. Die Karte, die er auch Miles vorhalten sollte, den Schlüssel einfordern, die Lichter löschen und diese Kneipe für immer abschließen. Unternehmen, die in den roten Zahlen liefen, wurden geschlossen. Sanierungen wollte heutzutage niemand mehr. Langwierige Insolvenzverfahren auch nicht. Ein Unternehmen schrieb rote Zahlen? Zumachen. Ein Unternehmenszweig war unrentabel? Verkaufen oder schließen. So tickte die Welt heute. Wer nicht profitabel wirtschaftete, wurde geschlossen. Wessen Wissen an Wert verlor, der wurde umgeschult. Zum Glück würde das Wissen, dass er brauchte, noch lange nützlich sein. Schließlich versuchten immer wieder Menschen eine Kneipe erfolgreich zu führen. Dabei war das ein sterbender Geschäftszweig. Die Menschen gingen in gehobene Restaurants, oder trafen sich Zuhause, bedient von einem Roboterkellner, den man sich stundenweise mietete. Der Vorteil? Der Roboterkellner hatte genauso eine große Auswahl an Getränken wie die Kneipe und quatschte nicht in die Gespräche der Freunde, Geschäftspartner oder Familienmitglieder hinein. Außerdem gab es keine Altersbeschränkungen, wollte man die Kinder dabei haben.

Überraschende Bekanntschaften und neue Freundschaften, wie Moriz sie in seiner Kneipe geliebt hatte, bildeten sich so natürlich nicht. Aber der Zufall war, wie die Wissenschaft herausgefunden hatte, nicht profitabel genug. Stattdessen konnten Menschen, die neue Bekannte und Freunde suchten, sich zu Schnell-Kontakt-Veranstaltungen anmelden. Ein paar Sätze, ein paar Minuten, eine Bewertung. Waren sich beide sympathisch bekam man die Kontaktdaten zugeschickt und konnte sich verabreden.

Schnell zog Moriz seine Hand wieder aus seiner Manteltasche.

Er wollte jetzt nicht an seinen Job denken. Nicht daran, wie viele Schnell-Kontakt-Veranstaltungen er besucht hatte, ohne neue Bekannte oder gar potenzielle Freunde zu finden.

Außerdem war ihm zu warm. Musste das Feuer, so kurz vor Feierabend, noch so heiß und hell im Kamin brennen?

Moriz riss den Mantel auf und schob ihn von seinen Schultern. Das Häuflein Stoff warf er auf den nächsten Barhocker.

Miles schien so in sein Buch vertieft, dass er nicht einmal aufsah, bei dem Geraschel.

Moriz leckte sich über seine trockenen Lippen. Sein Herz schlug noch schneller, als gerade im Flur, als er nach dem Türknauf zur Bibliothek gegriffen hatte. Er war dabei vom Protokoll abzuweichen. Seinen Job zu vernachlässigen, der, obwohl schlecht bezahlt, ihm Essen, ein Bett und neue elektronische Bücher einbrachte.

Er streckte seine Hände nach dem Buch aus. Vorsichtig. Von beiden Seiten, als könnte es davonrennen.

Das war Unsinn.

Trotzdem wollte Moriz ganz sicher gehen.

Endlich berührte er mit den Fingerspitzen den Einband. Sanft und ganz langsam strich er über den gebundenen Stapel Papier, der so abgegriffen, alt und gebraucht aussah. Die Seiten lagen nicht mehr genau übereinander. Da waren Berge und Täler an der Seite, des Papierstapels, über den Moriz strich.

Speckig, dick und verbraucht war das Buch. Es sollte ihn ekeln wie Müll auf der Straße.

Trotzdem strich Moriz wie verzaubert über den glatten Einband, der seine Farbe verloren hatte. Mit zwei Fingern, damit das Papier nur ja keinen Schaden nahm, blätterte er das Buch auf und entzifferte den Titel. Die Buchstaben waren so viel kleiner und ganz anders geformt, als auf seinem elektronischen Lesegerät, dass auf einfaches Lesen optimiert war.

Immerhin erkannte er die Sprache.

Mit etwas Mühe konnte er den Text auch lesen und verstehen.

Ganz langsam und noch vorsichtiger, blätterte Moriz die dünnen, glatten Seiten um, bis er zum Anfang der Geschichte kam. Mit der Fingerspitze seines Zeigefingers fuhr er unter den Wörtern entlang, um nicht zu verrutschen. Das Papier war angenehm warm und strukturiert unter seiner Fingerspitze. Selbst wenn er die Worte nicht hätte entziffern können, allein die Berührung, die Wärme, die von dem Papier ausging, er hätte sie genossen.

Er hob das Buch vorsichtig hoch und näher an sein Gesicht.

Es duftete nach altem Papier, nach warmem Feuer, nach dem Versprechen von fantastischen Abenteuern.

Er musste eine Entscheidung treffen.

»Miles«, sagte Moriz und legte das Buch zurück auf den Tresen, ohne es loszulassen.

Aus der Teetasse stieg kein Dampf mehr auf. Die Zeit war so schnell verflogen, seine Faszination des Buches hatte ihn so eingehüllt, dass er es gar nicht gemerkt hatte.

»Hmm?« Miles sah von seinem Buch auf und herüber.

»Ich bin hier, um deine Kneipe zu schließen. Sie rentiert sich nicht. Geschäfte, die Verlust machen sind, schlecht für die Stadtkasse«, sagte Moriz.

Miles richtete sich auf und starrte ihn mit großen Augen an. Als könnte er es nicht fassen, was gerade passierte.

Hatte er selbst damals genauso geschaut?

»Gib mir den Schlüssel für die Kneipe.«

Moriz löste eine Hand vom Buch und streckte sie aus.

Miles schüttelte den Kopf.

»Von euch habe ich gehört und immer geglaubt, das wäre ein Schauermärchen«, murmelte Miles.

Er hielt immer noch das Buch in der Hand und war ganz blass im Gesicht.

»Eines, dass mich davon abhalten sollte, eine Kneipe zu eröffnen.«

Moriz schüttelte den Kopf.

»Wir sind echt. Geschäfte in den roten Zahlen schließen wir sofort. Aber«, sagte Moriz und strich mit dem Daumen über den verblassten Einband seines Buches, »ich mache dir ein Angebot.«

Moriz spürte, wie die Übelkeit aus seinem Bauch verschwand. Dafür klopfte sein Herz so schnell, dass er befürchtete, Miles könnte es hören.

»Ich übernehme die Kneipe und du kannst hier arbeiten«, sagte Moriz.

»Warum?«, schoss Miles zurück, klappte sein Buch zu, kam auf Moriz zu.

Das Buch schob Miles unter die Theke.

»Warum sollte ich dir glauben?«

Moriz seufzte.

So hatte er den Kneipenschließer damals auch angefahren. Ungläubig und kämpferisch. Es hatte ihm diesen Job eingebracht.

Moriz zog seine Hand zurück. Er griff nach seiner Jacke und holte die Visitenkarte heraus, die ihn legitimierte. Sorgfältig legte er die Karte neben dem Buch auf die Theke.

»Du kannst auch meinen Job haben«, sagte Moriz. »Der Kneipenschließer, der mir meinen Traum genommen hat, hat ihn mir gegeben.«

Miles schüttelte den Kopf.

»Was willst du heute anders machen?«, fragte Miles und beugte sich vor, bis seine Nasenspitze fast Moriz' Nase berührte.

Warm strich Miles Atem über Moriz' Gesicht.

»Die Getränkekarte, die Außendarstellung am Eingang und die Werbung«, sagte Moriz, ohne Nachzudenken. Das waren die Stellschrauben, die die erfolgreichen Kneipen, von den Verlustkneipen unterschieden. Er hatte es jetzt jahrelang studiert.

»Und die Bücher?«, fragte Miles ganz leise.

Moriz legte seine Hand auf das Buch neben seiner Tasse.

Das würde er sich nicht wegnehmen lassen. Genausowenig, wie die Bibliothek.

»Die servieren wir weiter. Zusammen mit Wodka, Bier und Gin Tonic.«

Miles lehnte sich zurück und starrte Moriz an.

»Die Kneipe muss Gewinn machen«, sagte Moriz. »Sonst kommt der nächste Kneipenschließer.«

Moriz sah zu, wie Miles hinter der Theke auf und ab marschierte.

Er hatte sein Angebot gemacht, eines, dass ihn den Job kosten würde, wenn das bekannt wurde.

Egal.

Jetzt musste Miles sich entscheiden.

Moriz atmete tief ein, als Miles stehenblieb und ihn mit gesenkten Augenbrauen musterte.

»Wir können Partner werden«, sagte Miles. »Ich werde nicht für dich arbeiten.«

Moriz nickte. Partner war auch in Ordnung. Solange die Eigentümerstruktur einer Kneipe sich änderte, bekam sie eine neue Chance.

»Partner«, sagte Moriz und streckte seine Hand über den Tresen.

»Partner«, sagte Miles und schlug ein.

Seine Hand war warm und weich an Moriz' Hand.

Leicht und beschwingt hob Moriz die Tasse mit dem kalten Kräutertee hoch und trank sie in einem Zug aus. Von den Kräutern schmeckte er kaum etwas, weil er innerlich jubelte. Er hatte wieder einen festen Ort und eine Kneipe, in der er seinen Traum verwirklichen konnte.

»Zuerst ändern wir die Getränkekarte, dann machen wir Schluss für heute«, sagte Moriz.

Miles nickte, bückte sich und holte die Kreidestifte und Schwamm aus einem Fach unter der Theke hervor.

Moriz nickte anerkennend. Miles war gut organisiert. Sie würden ein tolles Team abgeben und die Kneipe profitabel machen.

ENDE

Leseprobe: Die verstaubte Akte

Dezember 2020

Angelique stand, mit einem roten Stift in der Hand vor ihrem Wandkalender. Dem einzigen altmodischen Gegenstand in ihrer modern eingerichteten Wohnung. Alle Termine waren auf ihrem Smartphone im Kalender gespeichert. Alle außer dem Tag an dem ihre Mutter verschwand.

Der 17. Dezember war dieses Jahr ein Donnerstag.

Vor dem Fenster schien die Sonne. Selbst aus dem siebten Stock des Hochhauses konnte sie das Gras auf der Fläche um das Haus herum sehen. Ein grünbraun vom Regen und den Schuhsohlen der Leute, die quer darüber liefen, statt auf den Wegen zu bleiben. Der Wetterbericht hatte für die ganze Woche keinen Schnee angekündigt.

Nicht wie vor vierzehn Jahren. Damals hatte es geschneit und sie hatte einen Schneemann gebaut mit ihrer Mutter. Bevor sie verschwand. Bevor ihr Vater sich von einem lustigen Menschen in einen mürrischen, schweigenden Mann verwandelte, der nicht mehr lachte.

Eingerahmt neben dem Papierkalender hing Angeliques Lieblingskinderbuch *Die Abenteuer des Astronauten Ulrich Sauerstoff*. Der Astronaut sah aus, als stecke er in einer Blechdose. Der blaue Hintergrund war verblasst und fast so hell wie der weiße Kometenschweif der darüber flog.

Es klingelte an der Wohnungstüre.

Vermutlich die Post, mit einem neuen Päckchen. Das Kamerasystem würde den Postboten erkennen und die Türe öffnen. Sie musste nichts tun.

Stattdessen starrte sie weiter auf den Kalender.

Bis heute wusste niemand, was aus ihrer Mutter geworden war. Und das Einzige was sie als Anhaltspunkt hatte, war eine vergilbte, hellgelbe Aktenhülle auf der »Fall Dampfstraße« stand. Ein Fall, der niemanden mehr interessierte, sonst läge die Akte nicht bei ihr im Schrank. Eingeklemmt zwischen dem Ordner mit Steuerunterlagen und einem Bildband über die schönsten Gärten Deutschlands.

Ein Schlüssel klickte im Schloss. Michael kam nach Hause. Früher als sonst.

Angelique wischte eine ungeweinte Träne aus ihrem Auge.

»Guten Abend mein Schatz«, sagte Michael und kam direkt ins Wohnzimmer. Noch mit Jacke und Schuhen und dem Rucksack auf dem Rücken. »Was ist los? Geht es dir nicht gut? Ich habe eine Nachricht von deiner Kollegin bekommen, dass du früher gegangen bist.«

Er sah noch süßer aus als sonst, wenn er besorgt war. Angelique lächelte.

»Mir geht es gut, Michael. Wirklich. Simone macht sich zu viele Sorgen«, sagte Angelique.

Sie hätte doch bleiben sollen bis Feierabend. Es war ja noch nicht einmal ein runder Tag des Verschwindens. Aber die Arbeit war fertig gewesen. Alle Vorgänge warteten auf Antwort. Sie hatte nicht mehr in dem öden, weiß gestrichenen Büro bleiben wollen. Nicht wie ihr Vater, der damals jeden Abend später nach Hause kam. Überstunden für die Zeitung.

Michael schüttelte sich die Jacke von den Schultern, stellte seinen Rucksack neben das Sofa auf den Boden und legte die Jacke über die Lehne. Dann nahm er sie in seine warmen Arme. Er roch angenehm warm und nach Tomaten.

»Du siehst traurig aus«, sagte Michael und streichelte ihr über die Schultern.

Angelique lehnte sich an und schloss die Augen. Seit sie Michael im Frühling, trotz Abstandsregeln, beim Einkaufen für die älteren Nachbarn, näher kennengelernt hatte, hatte sie ihm noch nichts von diesem Tag erzählt. Sie hatte ihm auch nichts davon erzählt, dass ein Namen darin stand.

Sie löste sich aus der Umarmung und holte die Akte. Legte sie auf den niedrigen, ovalen Couchtisch vor dem hellen Sofa, neben ihr Smartphone und ihren eBook Reader.

»Was ist das?«, fragte Michael und setzte sich neben sie auf das Sofa. Einen Arm legte er um ihre Taille und rückte ganz dicht heran. »Schlechte Nachrichten?«

Angelique schüttelte den Kopf und begann zu erzählen. Aber die Akte schlug sie nicht auf. Sie wollte den Zeitungsartikel von ihrem Vater, der gleich oben auf lag, nicht wieder lesen.

Ende der Leseprobe aus »Die verstaubte Akte«

Weitere Bücher

Der erste Kontakt mit außerirdischer Intelligenz.
Irgendwo zwischen Uranus und Neptun.

Antonio sitzt im Raumschiff am Rand des Sonnensystems. Die Maschine für die Frühstücksschokolade ist kaputt.
Das Reparieren dauert bereits über zehn Erdstunden. Und jetzt fehlt die Schraube für den letzten Dichtring.
Statt die Schraube zu finden, macht Antonio eine unerwartete Bekanntschaft.

Eine Science Fiction Kurzgeschichte. Eine Forschungsreise die zur diplomatischen Mission wird.

Science Fiction

Marie und die Naira
Kein Gemüsegarten im All
Die verstaubte Akte
Einzigartiges biometrisches Merkmal
Ein Stück vom

Weihnachtsgefühl
Gericht der Aliens
Tempeh der Zauberpilz
Die letzte Kneipe auf dieser Touer
Langweilige Süßigkeitentechnik

Fantasy

Raffaels Mangasammlung
Der Schneesturm
Schwebendes Fundament
Magisches Parket
Erika trifft Pegasus
Wider dem Traum
Lazars Vergeltung
Der, die, das Monster
Drachenverträge
Verpasst
Hexe im Wolfsfell
Die Sandriesen der Traumsandwerke (*Ein Herz für die Träume*)
Erwartete Verkaufszahlen
Sandige Versuchung (*An den Ufern des Luzik*)

Die neue Wunschauswerterin (*Wunschstation*)
Kontrabass und Killerwal
Erbe: Haus, Schmuck, und Gespenst
Silber und Aluminium
Eine Kugel aus Schaum (*Bubble Worlds*)
Schneeflocke in Rot, Grün, Lila
Einhorn auf Abenteuersuche
Reinhold und das Holzpferd (*Vampir Reinhold*)
Soldat auf Brautschau
Warndreieck zu Halloween
Verlassener Museumsplatz
Einhornbraut des Drachen
Brennnesselfluch

Brennnesselfluch Vorgeschichte

1. Entführt
2. Enterbt und Verflucht
3. Geburtstagsgeschenk
4. Schülerin falsch

Angelika Diamant

1. Ein Tropfen Leben   2. Das Monster vor der Türe

Spindel

1. Die Spindel über der Erde   2. Spindel der Vergangenheit

Romance

F/F, Lesbische Romantik

Rotes Marzipan
Verliebt im Freibad
Erster Kuss im Wald
Flirt auf rotem Briefpapier
Romantik am Morgen
Testperson gesucht: Portal der Verführung
Unterricht in der Liebe

Eine neue Gelegenheit
Das Sternpaar der Liebe
Sternschnuppe liebt
Herbstnachtblume
Ein Muskatkürbis für die Liebe
Flirt über roter Unterwäsche
Verliebt in die blinde Passagierin

M/M, Gay Romantik

Liebe trotz verbranntem Essen
Phillip, küss mich
Gesucht: Die Lust zu Verführen
Kunstsprung der Liebe
Unter der Freibaddusche

Verliebt in den Koch
Eine Schneeflocke zum Verlieben
Liebe zum Genießen
Prioritäten der Liebe

M/F, Hetero Romantik

Vereiste Seile
Sandmanns Verlobung (*An den Ufern des Luzik*)
Der Fremde liegt unten
Ein Herz für die Träume
Armut oder Heirat

Einhornbraut des Drachen
Entscheidung zwischen Liebe und Berufung
Freibadflirt und Erdbeerdessert
Nikolaus zum Verlieben